A. Fuchs

Zur Naturgeschichte einiger Eupithecien

Antigonos

A. Fuchs

Zur Naturgeschichte einiger Eupithecien

Unveränderter Nachdruck der Originalausgabe von 1873.

1. Auflage 2024 | ISBN: 978-3-38699-343-2

Antigonos Verlag ist ein Imprint der Outlook Verlagsgesellschaft mbH.

Verlag: Outlook Verlag GmbH, Zeilweg 44, 60439 Frankfurt, Deutschland
Vertretungsberechtigt: E. Roepke, Zeilweg 44, 60439 Frankfurt, Deutschland
Druck: Libri Plureos GmbH, Friedensallee 273, 22763 Hamburg, Deutschland

Zur Naturgeschichte einiger Eupithecien

von

Pfarrer **A. Fuchs** in Bornich.

———

I   Epithecia irriguata Hb.

Vgl. Dietze: Beschreibung der Raupe von E. irriguata
Hb., Stett. ent. Ztg. 1870, S. 336. — Die dazu gehörige
Zeichnung s. Jahrgang 1872, Taf. I., Fig. 16.

E. irriguata Hb. ist im Nassauischen bis jetzt nur an
zwei Stellen gefunden worden: bei Wiesbaden und Dickschied
(im Taunus); doch ist eine grössere Verbreitung wahrscheinlich. Der Schmetterling erscheint etwas später als Abbreviata
Stpb., bei Dickschied in der zweiten Woche des Mai; bei Wiesbaden nach Rössler schon frühe im April, vor Aglia Tau.
Er ruht bei Tage zuweilen an Eichenstämmen; doch fand ich
ihn im Freien nur selten und dann in der Regel verflogen.
Die Raupe ist zuerst von Dietze a. a. O. ausführlich beschrieben worden; später hat derselbe im Jahrgang 1872,
Taf. I., Fig. 16, eine treffliche Zeichnung von der Raupe ge-
liefert. Da ich den Schmetterling seit 1870 jährlich aus der

Raupe erzogen habe, so sei es mir verstattet, den Mittheilungen des Herrn Dietze einige Bemerkungen beizufügen.

Raupe von Gestalt sehr schlank, nach dem Kopfe zu verdünnt, Grundfarbe lebhaft gelbgrün, zuweilen schön blattgrün. Rückenlinie dick, blutroth, nur auf den ersten Segmenten und dem After zusammenhängend, auf den übrigen Ringen dagegen stark abgesetzt und nur in den Gelenk-Einschnitten als dicke, blutrothe, gelbgesäumte Flecke auftretend. Subdorsalen sehr fein, oft nur auf dem letzten Drittel der Segmente als undeutliche, blutrothe Striche bemerkbar. Seitenkante schwach, gelblich, doch nicht immer von der Grundfarbe verschieden, nach dem Bauche zu in den Gelenk-Einschnitten blutroth gefleckt. Bauch gelbgrün, Mittellinie hell. Kopf braun. Gelenk-Einschnitte schön gelb.

In der Jugend ist die Grundfarbe graugelb, und die Rückenlinie hängt zusammen.

Die Raupe lebt im Juni in allen Grössen auf mittleren und alten Eichen, gewöhnlich an Waldrändern. Sie wird noch gleichzeitig mit der Raupe von Abbreviata gefunden, erscheint aber im Ganzen etwas später als diese. In Dickschied war sie nicht selten, aber weniger zahlreich als die Raupe von Abbreviata. Zum Gelingen der Zucht ist durchaus erforderlich, dass die Raupen von anderen getrennt und in's Freie (vor das Fenster) gestellt werden. Auch darf man das Futter nicht zu hart werden lassen.

Die Verpuppung erfolgt Anfangs Juli, 1870 schon früher. Sie geschieht, wie bei allen Eupithecienraupen, in einem kleinen, mit Fäden zusammengewobenen Erdtönnchen. Das Püppchen ist auffallend klein und schmächtig, seine Farbe hell gelbbraun, die Flügelscheiden grünlich angeflogen. Während der Ueberwinterung verliert sich der grünliche Anflug immer mehr, und die Puppe wird hell gelbbraun. Die Augen dunkel schwarzbraun, die sehr feinen Afterspitzen halb nach oben gerichtet. Ich zählte deren unter der Lupe 5; doch liessen sie sich nicht bei allen Exemplaren deutlich erkennen. Die mittlere schien gerade, die übrigen waren an der Spitze etwas nach aussen gekrümmt und schienen mit kleinen Häkchen versehen.

Herr Dietze theilt a. a. O. mit, dass er die Raupe, ausser auf Eichen, auch, wiewohl seltener, auf Buchen gefunden habe*); ich vermuthe aber, dass dies nur ausnahmsweise an solchen Orten vorkommt, wo Eichen, von deren Laub sich die Raupe gewöhnlich nährt, in der Nähe wachsen.

―――――――

*) Nach Rössler findet sich der Schmetterling bei Wiesbaden an Eichen- und Buchenstämmen.

Ein ähnlicher Wechsel in der Nahrungspflanze der Raupe wurde auch bei der folgenden Art beobachtet.

II. E. pusillata Fabr.

Vgl. Fuchs: „Zur Naturgeschichte von E. pusillata Fabr." in den Jahrbüchern des nassauischen Vereins für Naturkunde, Heft 25 und 26, Jahrgang 1871/72, S. 438.

Die Raupe dieser bei uns ganz gemeinen Eupithecie lebt in der zweiten Hälfte des Juli von den Nadeln der Rothtannen. Sie wird aber auch aus Wachholderbüschen geklopft, jedoch nur dann, wenn Rothtannen in der Nähe stehen. Von Gestalt ist sie schlank, nach dem Kopfe zu verdünnt. Grundfarbe braungelb, oft mit grünlichem Anfluge. Rückenlinie breit, meist (doch nicht immer) scharf dunkel. Seitenkante schwach, von Farbe gelb. Zu beiden Seiten des Rückens eine feine, oft in Punkte oder Striche aufgelöste, schwarze Längslinie. Der Raum zwischen ihr und der Rückenlinie hell. Bauch braun, besonders dunkel entlang der Seitenkante, über die Mitte heller. Mittellinie hellgelb. Gelenk-Einschnitte fein gelb.

Die Raupe bleibt sehr klein und verpuppt sich in der ersten Hälfte des August. Auch das Püppchen ist sehr klein und schlank und zeigt am letzten Segmente des Hinterleibs eine scharfe, nach hinten abstehende, schwarze Spitze. Seine Farbe ist hellgelb mit bräunlichem Anfluge. Flügelscheiden am Vorderrande scharf schwarz, die Rücken-Segmente beiderseits neben dem Innenrande der Flügel braunschwarz punktirt, der Halskragen durch einen scharf schwarzen Querstrich ausgezeichnet.

Der Schmetterling erscheint vom Mai des nächsten Jahres bis tief in den Juni und ist bei uns in allen Rothtannen-Waldungen höchst gemein. In Kiefernwäldern wird er nur sehr selten gefunden. Lieber noch als an Kiefern lebt die Raupe an Wachholderbüschen, welche in lichten Kiefern-Waldungen stehen; nur müssen Rothtannen in der Nähe wachsen*).

---

*) Derselbe Wechsel in der Nahrungspflanze kommt noch bei anderen Arten vor. So z. B. fand ich an Wachholderbüschen in lichten Kiefern-Waldungen die Raupen von Ellopia prosapiaria L. (fasciaria Schiff.), Macaria liturata Cl., Bupalus piniarius L. und Cidaria variata Schiff. Die an Wachholder lebenden Raupen von Eupithecia helvetiaria Bd. und lariciata Fr. dürften zuweilen auch auf Rothtannen übergehen, wie es wenigstens die hiesigen Fundorte der Schmetterlinge wahrscheinlich machen.

Uebersicht der europäischen Arten des Genus Ichneumon (Wesmael) mit Angabe der bei Birkenfeld vorkommenden und Beschreibung neuer Arten,

vom

Forstmeister **Tischbein** in Birkenfeld.

———

Das specielle Studium der Ichneumonen ist so interessant wie schwierig. Die Beobachtung dieser Thiere in ihren verschiedenen Entwickelungs-Stadien und ihren mannigfachen Beziehungen unter sich und zu der übrigen Insektenwelt ist so anziehend, dass man immer wieder von neuem die sich entgegen stellenden Schwierigkeiten zu überwinden sucht und sich das überaus mühsame Bestimmen der Arten, bei der grossen Menge von Synonymen und der Variabilität mancher Arten, nicht verdriessen lässt. Diese, die Variabilität, ist es indessen nicht allein, welche das Bestimmen schwierig macht, fast ebensosehr ist es die grosse Aehnlichkeit nicht nur einiger, sondern vieler Arten, namentlich der Männchen, mit einander, und dann wieder die grosse Unähnlichkeit, welche zwischen den Männchen und Weibchen einer und derselben Art besteht.

Erst seit Gravenhorst (Ichneumonologia Europaea 1829) hat man sich bemühet, die beiden Geschlechter einer Art zusammen zu finden. Gravenhorst hat indessen verhältnissmässig wenig Geschlechter als zu einer Art gehörig erkannt, da er vorzüglich auf die Farben achtete, diese aber bei den beiden Geschlechtern der Ichneumonen oft sehr verschieden sind. Seitdem indessen Wesmael (Tentamen dispositionis methodicae Ichneumonum Belgii. 1844.) die Form äusserer Körpertheile und die Sculptur seiner Eintheilung der Ichneumonen zum Grunde legte, ist es möglich, mit grösserer Sicherheit die zu einer Art gehörigen Männchen und Weibchen als solche zu erkennen. Wesmael hat hierin die Bahn gebrochen und in dieser Richtung das Studium der Ichneumonen sehr gefördert.

In Folge der erkannten Zusammengehörigkeit von Männchen und Weibchen, die bereits jedes für sich als eigene Art unter eigenen Namen beschrieben wurden, mussten natürlich viele Namen eingehen. Diese findet man, so wie die übrigen

Synonymen im Register, welches ich am Schluss meiner Arbeit geben werde.

Bei Anführung der Autoren habe ich es mir zur Regel gemacht, bei jeder Art den ersten Autor (Namengeber) zuerst hinter den Namen zu setzen und zwar mit Anführung des Geschlechtes, welches er unter dem gegebenen Namen beschrieb, worauf dann das andere Geschlecht unter Anführung des Autors, welcher dieses zuerst als zur Art gehörig erkannte, folgt.

Dem nachfolgenden Verzeichnisse zum Grunde gelegt sind nachverzeichnete, für das Studium der Ichneumonen unentbehrlichen Werke:

1. Gravenhorst, Ichneumonologia Europaea. 1829.
2. Wesmael, Tentamen dispositionis methodicae Ichneumonum Belgii. 1844.
3. — Mantissa Ichneumonum Belgii. 1848.
4. — Adnotationes ad descriptiones Ichneumonum Belgii. 1848.
5. — Ichneumones platyuri Europaei. 1853.
6. — Ichneumones amblypygi Europaei. 1854.
7. — Ichneumonologica miscellanea. 1855.
8. — Ichneumonologica otia. 1857.
9. — Remarques critiques sur diverses espèces d' Ichneumons de la collection de feu le Professeur J. L. C. Gravenhorst. 1858.
10. — Ichneumonologica documenta. 1867.
11. Ratzeburg, die Ichneumonen der Forstinsekten. 3 Bände. 1844. 1848. 1852.
12. Desvignes, Catalogue of British Ichneumonidae. 1856.
13. Taschenberg, die drei ersten Sectionen der Gattung Ichneumon. Gr.
14. Holmgren, Ichneumonologia Suecica. I. Tom. 1864. II. Tom. 1871. Ein dritter Theil, welcher die Ichneumonides pneustici enthalten wird, ist noch zu erwarten.
15. Foerster, Synopsis der Familien und Gattungen der Ichneumonen. In den Verhandlungen des naturhistorischen Vereines der preussischen Rheinlande und Westphalens. 1868.

Für die Systematik sind Wesmael's Arbeiten die Grundlage, ebenso für die präcise und sichere Begrenzung der Species. Das Aufsuchen einer bestimmten Art ist indessen in den zahlreichen Arbeiten Wesmael's etwas schwierig, weshalb ich bei jeder in meinem Verzeichnisse aufgeführten Art auf die Stellen hinweise, an welchen Wesmael dieselben beschreibt oder bespricht. Dabei sind aber die Synonymen, welche Wesmael selbst durch Verkennen älterer Arten veranlasste, nicht angegeben, indem sich diese bei dem Nachschlagen der citirten Stellen der Wesmaelschen Arbeiten von selbst ergeben.

Die Eintheilung des Genus Ichneumon Wesm. (= Fam. 27. Trogoidae. 29. Ichneumonidae. 30. Phaeogenoidae. 31. Alomyoidae. 32. Listrodromoidae nach Foersters Eintheilung) in Familien und Gattungen ist schwierig; noch schwieriger aber ist es, die artenreichen Gattungen, wie Ichneumon, Amblyteles, Platylabus etc. in Unterabtheilungen (Sectionen) zu bringen, um durch diese das Auffinden zu erleichtern.

Der beste Anhalt für die Sectionen liegt in der Sculptur des Hinterrückens, Postpetiolus und den Gastrocülen unter Zuhülfenahme der Farben. Dass die Farben nicht immer constant sind ist bekannt, aber die Sculpturen sind es ebenfalls nicht, wenn sie auch eine grössere Sicherheit geben als die Farben.

I. Ichneumonides oxypygi. **Wesmael.**

1. Genus Chasmodes. W.

1. C. motatorius. ♀ F. ♂ W.

W. Tent. 15. — W. Mant. 8. — W. Ich. docum. 444.

In der Mitte des Sommers ♂ und ♀, jedoch nicht häufig. Das ♀ auch im Winter unter Moos.

2. C. lugens. ♀ Gr. ♂ W.

W. Tent. 16. — W. Rem. 26. — W. Ich. docum. 445.

Vier Exemplare des ♀ im März unter loser Rinde an Kiefern; 2 andere Weibchen im Spätsommer gefangen. Das ♂ habe ich hier noch nicht gefunden.

Der Hals des ♀ ist mitunter weiss gerandet.

Zur Gattung Chasmodes gehört ferner:

3. C. paludicola. ♂ ♀ W.

W. Ich. otia. 5.

2. Genus Exephanes. W.

1. E. hilaris. ♀ Gr. ♂ W.

W. Tent. 17. — W. Rem. 39.

Nicht besonders häufig im Sommer.

2. E. occupator. ♂ Gr. ♀ W.

W. Tent. 17. — W. Mant. 8. — W. Rem. 47.

Nur ein Weibchen, am 10. August, gefangen.

Hierher ferner:

3. E. Steinii ♂ ♀ Ratzebg. Ichn. d. Forstins. III. 168.

3. Genus Ichneumon. Z.

Sect. 1. Holmg. (Divis. 1. W.)

Stielende nadelrissig.

Gastrocölen grubenförmig, tief ausgegraben und runzelig, der Raum zwischen denselben schmäler als das erhabene Mittelfeld des Postpetiolus.

Hinterleibseinschnitte 2 und 3 tief.

Areola superomedia entweder vorne rund oder quadratisch, nicht selten glatter und glänzender als die daran stossenden Felder, mitunter der Hinterrand so wie die meisten der Leisten der Felder des Metathorax fast verwischt.

Clypeus oft zweibogig.

Augenrand am Scheitel mit weissem Fleck, der selten fehlt.

Die letzten Segmente des Hinterleibes ohne weissen oder gelben Fleck.

Fühler der Weibchen nach dem Ende zugespitzt, zwischen der Mitte und Spitze oft etwas zusammengedrückt und verbreitert.

A. Hinterleib braungelb, die Basis oder selten die Basis und Spitze schwarz. Scutellum weiss oder gelb.

a. Die hintersten Coxen der ♀ ohne Bürste.

1. Ich. pisorius. ♀ L. ♂ Rossi.
W. Tent. 24. — W. Ich. otia 12.
Im Sommer, selten.
var. 1. Segment 1, also der ganze Hinterleib braungelb.

b. Die hintersten Coxen der ♀ mit Bürste.

2. Ich. similatorius. ♂ F. ♀.
Ich. fusorius ♂ ♀ W.
W. Tent. 24. — W. Mant. 10. — W. Ich. otia. 12.
3. Ich. Coqueberti. ♂ ♀ W.
W. Mant. 11. — W. Tent. 24. — W. Adnot. 4.
Von Ende Mai bis Anfang Juli hier an einigen Arten häufig.

Holmgren sagt in Ichneumologia Suecica Tom. 1, Pag. 13, mesothorace ruguloso, areis superioribus 5 completis, quarum superomedia apice truncata. Holmgren hatte nur 2 Weibchen zu untersuchen Gelegenheit und kannte das Männchen nicht. Hätte er mehr Material gehabt, so würde er seine Angaben über die Felder des Metathorax anders gegeben haben. Unter 33 Männchen und 22 Weibchen, die ich im verflossenen Frühjahre eingefangen habe, befinden sich nur 2 Exemplare mit gerader Leiste an der Spitze der ar. superom., bei allen übrigen Exemplaren aber ist die ar. superom. vorne und hinten durch bogenförmige Leisten geschlossen und nicht selten sind die 5 Felder des Metathorax-Rückens fast ganz verwischt. Die weisse Farbe des Gesichtes und des Augenrandes wechselt sehr, doch habe ich unter meinen zahlreichen Exemplaren keins, dem der weisse Punkt am Scheitel, und nur eins, dem die weisse Linie an dem Hinterrande der Augen fehlt. Weissgezeichnete Vorderhüften sind selten. Die Flecke vor und unter dem Vorderflügel fehlen selten, doch habe ich 2 Exemplare gefangen, bei welchen die Flecke vor dem Flügel, und 1 Exemplar, bei dem dieser und zugleich der Fleck unter dem Flügel fehlt.

B. Hinterleib schwarz oder blauschwarz, die vorderen Segmente zu beiden Seiten weiss gezeichnet. Scutellum meistens weiss, oder weiss gezeichnet, selten schwarz.

a. Die hintersten Coxen der ♀ ohne Bürste.

4. Ich. Bohemani. ♀ Holmg.
Anfangs October 1 ♀ gefangen.
5. Ich. centummaculatus. ♀ Christ.
Ich. multiguttatus ♂ Gr. ♂ ♀ Holmg.
W. Tent. 20. — W. Ment. 14. — W. Rem. 57. — W. Ich. docum. 451.
Ein ♂ am 10. Juli gefangen.
Holmgren setzt diese Art zur folgenden Abtheilung b, deren Weibchen an den hintersten Coxen eine Bürste haben. Ich besitze nur ein weibliches Exemplar und zwar aus Thüringen, welches an den hintersten Coxen aber weder eine Bürste, noch eine Spur eines Zahnes oder einer Leiste hat.
Christ, Naturgeschichte, Klassification und Nomenclatur der Insekten vom Bienen-, Wespen- und Ameisen-Geschlecht. Frankfurt 1791, beschreibt das Weibchen dieser Art ganz kenntlich; es muss danach der von ihm gegebene Name hergestellt werden. Die Abbildung ist freilich sehr schlecht.
6. Ich. multicinctus. ♂ Gr. ♀ W.
W. Ich. otia 17. — W. Tent. 34. — W. Mant. 16.
Nur ein Weibchen im Sommer gefangen.

Zur Abtheilung a. gehört ferner:

7. Ich. cretatus. ♂ ♀ Gr.
W. Tent. 27. — W. Mant. 13.

b. Die hintersten Coxen der ♀ mit Bürste.

8. Ich. sugillatorius. ♀ L. ♂ Zett.
W. Tent. 29. -- W. Mant. 13. 101. — W. Rem. 57.
Hier nicht selten in mancherlei Varietäten vom Juli bis October.

Zur Abtheilung b. gehört ferner:

9. Ich. cyaniventris. ♂ ♀ W.
W. Tent. 28. — W. Rem. 57. 58.

C. Hinterleib entweder ganz schwarz oder schwarzblau oder zum Theil roth oder braun. Scutellum bisweilen weiss oder öfter weiss gezeichnet, selten ganz schwarz.

a. Scutellum ganz oder an der Spitze weiss, die Kiele an der Basis schwarz.

† Die hintersten Tibien schwarz, Hinterleib schwarz oder schwarzblau. Antennen der ♀ vor der Spitze wenig zusammengedrückt.

*) Hinterhüften der ♀ ohne Bürste oder Zahn.

10. Ich. falsificus. ♂ ♀ W.
W. Tent. 25.
Von Anfang Juni bis Ende August, selten.

**) Hinterhüften der ♀ mit Bürste oder behaarter Tuberkel.

11. Ich. sinister. ♂ ♀ W.
W. Ment. 15. — W. Misell. 8. — W. Rem. 24.
Bisher habe ich nur einige Weibchen im Spätsommer gefangen.

12. Ich. leucocerus. ♀ Gr. ♂ W.
W. Tent. 30. — W. Ich. docum 453.
Häufig in Buchen-Waldungen von Anfang Juni an, aber sehr flüchtig und nicht leicht zu fangen. Trotz der Häufigkeit dieser Art im Sommer habe ich nie ein Weibchen im Winterquartiere unter Moos oder Baumrinde gefunden.

Der weisse Fleck am Grundgliede der Antennen der Männchen, den Holmgren in die Diagnose aufgenommen hat, fehlt den hiesigen Exemplaren meistens. Unter 50 Männchen finde ich nur 1 Exemplar, welches an der vorderen Seite des Grundgliedes der Fühler einen weissen Fleck hat. Auch das Scutellum hat mitunter nur einen kleinen, weissen Punkt in der Mitte des Hinterrandes oder hier 2 Punkte, die zu beiden Seiten des Hinterrandes stehen.

†† Die hintersten Tibien roth oder rothbraun.

*) Hinterhüften der ♀ mit Bürste.

Hierher gehört ferner:
13. Ich. rubens. ♀ Fonscol. ♂ W. — W. Miscel. 7. — W. Ich. otia 11. und eine neue Art die ich hier beschreiben will.

14. Ich. Mayri. ♀ Tischb.
Schwarz. Am Kopfe sind die Palpen schwärzlich-grau, der innere Augenrand ein Fleck am Scheitel und der äussere Rand an den Wangen weiss; Fühler schwarz mit weissem Sattel von Glied 9 bis 14 der Griffel; am Thorax sind ein Fleck vor und ein Fleck unter den Flügeln, so wie das Scu-

tellum weiss; die Flügel sind schwärzlich getrübt, an der Spitze heller, die Flügelschuppe ist schwarz mit braunem Rande, der Hinterleib ist einfarbig schwarz bis blauschwarz; sämmtliche Hüften und Trochanter sind schwarz, die Apophysen, Schenkel, Tibien und Tarsen sind sämmtlich gelbröthlich. 16 mm.

Kopf und Metanotum weitläuftig und nicht grob punktirt, Metathorax grob punktirt, ar. superom. viel länger als breit, nach hinten durch eine Bogenlinie geschlossen, an den Seiten durch winkelig gebogene Leisten, die Winkel nach innen stehend, begrenzt, eine vordere Leiste fehlt ganz, hier ist also die ar. superom. offen, sie ist vorne wenig oder kaum, hinten etwas mehr flach runzelig, die beiden zur Seite liegenden ar. supero externae sind mit einzelnen, groben Punkten gezeichnet, die übrigen Felder sind grob punktirt-runzelig; das Mittelfeld des Postpetiolus ist grob punktirt und nadelrissig, an den Seiten ist der Postpetiolus grob punktirt; die Gastrocülen sind grubenförmig tief, vorne stark runzelig, das zwischenliegende Feld, welches eben so breit ist wie das Mittelfeld des Postpetiolus, hat kräftige Nadelrisse, die sich bis auf die Mitte des zweiten Segmentes fortsetzen; die hinteren Hüften haben eine Bürste von sehr dicht stehenden rothbraunen Haaren.

Man könnte diesen Ichneumon wohl mit demselben Recht in die 6. Division Wesmael's setzen, da der Postpetiolus ebensowohl punktirt als nadelrissig ist, die tiefen Gastrocülen bestimmen mich aber dieses Thier der 1. Section Holmgren einzureihen.

Ein Weibchen von Mayr in Wien erhalten.

**) Hinterhüften der ♀ ohne Bürste.

Hierher:
15. Ich. rudis. ♀ Fonsc. ♂ W. — W. otia 10. Hat sehr lange Haare an den Hinterhüften, die aber einzeln stehen und keine Bürste bilden.

b. Scutellum ganz schwarz oder weiss gezeichnet, die Kiele an der Basis fast immer weiss. Hinterleib schwarz, blauschwarz oder zum Theil roth oder rothbraun. Die hintersten Tibien an der Basis sehr selten weiss, niemals weiss geringelt. Die Fühler der Weibchen an der Spitze häufig deutlich verbreitert-zusammengedrückt.

*) Die Kiele vor dem Scutellum weiss. Die Hinterhüften der Weibchen mit Bürste oder kurz behaartem Höcker.
16. Ich. lineator. ♂ ♀ Gr.
W. Tent. 21. — W. Rem. 13.
Von Anfang Mai bis zum Herbste nicht selten.

Ich. restaurator ♂ Gr. ♂ W. — W. Tent. 22. halte ich mit Holmgren für eine Varietät von Ich. lineator Gr.

17. Ich. ferreus. ♂ Gr. ♀ W.
W. Tent. 22. — W. Mant. 47.
Von Anfang Juni bis October nicht selten.

Diese Art wird von Holmgren als Varietät zu Ich. lineator Gr. gezogen. Ich möchte dieselbe aufrecht erhalten, da ich unter den zahlreichen Exemplaren beider Arten, welche ich besitze, keine Uebergänge finde. Holmgren hat das Weibchen nicht gesehen und hat vielleicht auch nur wenige Männchen zu untersuchen Gelegenheit gehabt. Ich. microstictus ♀ Gr. ♂ W. wird von Holmgren ebenfalls zu lineator gezogen, ich kenne diese Art nicht. Ich. serenus ♂ ♀ Gr. hätte Holmgren wohl nicht als Varietät zu Ich. lineator gezogen, wenn er sie vor Augen gehabt hätte. Er schreibt einfach die Diagnose aus Gravenhorst's Ichneum. Europ. ab. Hier habe ich diese Art, obgleich sie eine weite Verbreitung zu haben scheint (ich besitze Exemplare aus Ostpreussen und dem südlichen Frankreich), noch nicht gefunden.

18. Ich. rufinus. ♀ Gr. ♂ W.
W. Tent. 30. — W. Mant. 18.
In hiesiger Gegend mir selten vorgekommen.

Hierher gehören auch:

19. Ich. serenus. ♂ ♀ Gr. — W. Tent. 23. — W. otia. 9.

20. Ich. microstinctus. ♀ Gr. ♂ W. — W. Mant. 97. — W. Rem. 60.

21. Ich. anthrocinus. ♂ ♀ Holmg.

22. Ich. impressor. ♀ Zett. = Ich. nigricornis. ♂ ♀ W. Tent. 28.

23. Ich. ruficauda. ♂ ♀ W. -- W. Tent. 23. — W. Adn. 4.

**) Die Kiele vor dem Scutellum nicht weiss.

Holmgren theilt diese Mittheilung weiter ein, je nachdem die Costa mehr oder weniger eng an das Flügelmal anstösst. Mir scheint diese Eintheilung nicht haltbar, da nach meinen Beobachtungen dieses Kennzeichen schwankend ist und lasse ich dieselbe demnach fort.

24. Ich. comitator. ♀ L. ♂ W.
W. Tent. 30.
Im Sommer, nicht häufig.

Holmgren zweifelt, ob das von Wesmael zu Ich. comitator ♀ L. gezogene Männchen, der Ich. biannulatus ♂ Gr., dieser Art angehört, worüber ich nicht zu unterscheiden wage. Indessen bemerke ich, dafs der weisse Punkt auf dem Scheitel oft verschwindend klein ist oder gar fehlt.

25. Ich. falcatus. ♂ Tischb.*)

Schwarz. Am Kopfe sind Palpen, Mandibeln, Oberlippe, Clypeus, Gesicht bis unter die Fühler, Augenrand bis in die Nähe des Scheitels, ein Fleck des Augenrandes am Scheitel und eine Linie am hinteren Augenrande weiss; die Fühler sind schwarz mit weisser Vorderseite des Grundgliedes; am Thorax sind Halskragen, Fleck vor und Fleck unter den Flügeln, so wie 2 kleine Punkte am Hinterrande des Scutellums weiss; der Hinterleib ist schwarz, nach dem Ende zu ein wenig bläulich schillernd, das erste Segment trägt in den Hinteradern einen weissen Punkt, die Hinterränder des 2 bis 5 Segmentes haben einen schmalen, braunen Saum; die Flügel sind wenig getrübt mit schwarzbraunem Mal und schwarzbrauner Randader und Flügelschuppe, welche am Rande etwas weisslich schimmert; vordere Hüften weiss, mittlere Hüften schwarz mit weisser Spitze und weissem Fleck an der Basis der Aussenseite, Trochanter der vorderen und mittleren Beine an der Vorderseite weiss mit schwarzem Fleck, die hinteren Trochanter mit weisser Spitze, Apophysen weiss und lichtroth, die Schenkel der vorderen und mittleren Beine sind an der Vorderseite lichtroth, an der hinteren Seite schwarz, die Hinterschenkel sind ganz schwarz mit lichter Spitze, die vorderen und mittleren Tibien sind vorne und vor der Basis weiss, an der hinteren Seite schwarz, die hinteren Tibien schwarz mit weisser Basis, die vorderen und mittleren Tarsen sind weisslich mit röthlich brauner Rückseite, die Tarsen der hinteren Beine sind schwarz. 16 mm.

Kopf und Mesonotum dicht, aber nicht grob punktirt; die beiden eingedrückten Linien des Mesonotum deutlich, ar. superom. auffallend schmal, doppelt so breit wie lang, wie der Mond im ersten Viertel, vorne und hinten mit bogenförmigen Leisten geschlossen; Stielende fein nadelrissig, Gastrocülen tief und grabenförmig, der zwischen liegende Raum etwa so breit wie das Mittelfeld des Postpetiolus und wie dieses fein nadelrissig bis über die Mitte des Segmentes, Hinterleibs-Einschnitte zwischen den Segmenten 2 und 3 ziemlich tief.

Ein Männchen im Buchenwalde im Sommer gefangen.

26. Ich. derasus. ♀ Gr. ♂ W.

W. Tent. 31.

Im Sommer, selten.

---

*) Anmerkung. Ich. falcatus Fourcroy ist ein Pachymerus weshalb die Bezeichnung falcatus hier wohl wieder verwendet werden kann.

354

27. Ich. bilineatus. ♀ Gr. ♂ W. (non Holmgren.)
W. Mant. 12. — W. Tent. 26.
Im Sommer nicht häufig.

Ein durch Wesmael bestimmtes Weibchen hat an den hintersten Hüften einen leistenförmigen Zahn mit schwacher Bürste, der sich auch bei allen anderen Exemplaren aus hiesiger Gegend findet. Wesmael erwähnt da, wo er überhaupt von dem Ich. bilineatus spricht, — Tent. 26. — Mant. 12. — Rem. 13. —, dieses Zahnes freilich nicht, aber er erwähnt eines solchen oder einer Bürste auch bei manchen anderen Arten nicht, die einen Zahn oder eine Bürste oder beides zugleich besitzen, und so glaube ich, dass seiner Bestimmung kein Irrthum zu Grunde liegt, zumal alle übrigen Kennzeichen seiner und meiner Exemplare mit dem, was er über diese Art angiebt, stimmen. Da nun Holmgren die hintersten Coxen ausdrücklich als nackt bezeichnet, so muss seine Art wohl eine andere sein.

28. Ich. consimilis. ♂ ♀ W.
W. Tent. 22. — W. otia 8. — W. Rem. 13.
Im Sommer selten, das ♂ habe ich noch nicht gefunden.

29. Ich. castaniventris. ♀ Gr. ♂ W.
W. Tent. 32. — W. Mant. 14. 99.
Vom Mai bis September nicht selten.
Hierher gehören:

30. Ich. inquilinus. ♂ Holmg.
31. Ich. funebris. ♂ ♀ Holmg.

c. Scutellum ganz schwarz oder weiss oder schwarz und an der Spitze weiss, Abdomen schwarz, gegen die Spitze blauschillernd. Tibien an der Basis weiss oder gelblich geringelt. Die Antennen an der Spitze verdünnt oder kaum ein wenig verbreitert.

32. Ich. fuscipes. ♂ Gml. ♀ W.
W. Tent. 23. — W. Mant. 9. — W. Rem. 59.
Im Sommer, selten.

Zur Division 1 Wesmael, die so ziemlich mit Section 1 und 2 Holmgren übereinstimmt, gehören noch nachverzeichnete Arten, die ich den engeren Unterabtheilungen nicht einreihen kann, da ich sie nicht kenne, und die Beschreibungen Zweifel lassen.

33. Ich. quadrimaculatus. ♀ Gr. — W. Rem. 66.
34. Ich. moestus. ♀ Gr. ♂ W. — W. Ich. ot. 6.
35. Ich. tarsator. ♀ W. — W. Ich. ot. 7.
36. Ich. multicolor. ♀ Gml. — W. Rem. 18.
37. Ich. albicillus. ♂ Gr. — W. Rem. 21.
38. Ich. desultorius. ♂ W. — W. Tent. 24. —
W. Mant. 9.

39. Ich. imperiosus. ♀ W. — W. Ich ot. 10.
40. Ich. nobilis. ♂ W. — W. Ich. ot. 14.
41. Ich. perspiciosus. ♂ ♀ W. — W. Ich. ot. 15.
42. Ich. haesiator. ♂ ♀ W. — W. Tent. 36. —
W. Mant. 17. — W. Adnot. 4.
43. Ich. eburnifrons. ♂ W. — W. Ich. ot. 16.
44. Ich. leucolomius. ♀ Gr. — W. Mant. 99. —
W. Rem. 60.

Sect. 2. Holmg. (Div. 1 und 5 W. zum Theil.)
Stielende nadelrissig oder nadelrissig-runzelig.

Gastrocölen grubenförmig, tief ausgegraben, der Raum
zwischen denselben schmäler als das erhabene Mittelfeld des
Stielendes.

Hinterleibseinschnitte 2 und 3 tief.

Areola superomedia wie in Sect. 1.

Augenrand am Scheitel meistens ohne, mitunter auch mit
weissem Punkt.

Die letzten Segmente des Hinterleibes ohne weissen oder
gelben Fleck.

Antennen der ♂ und ♀ schlank, vor dem Ende wenig
oder gar nicht verbreitert, am Ende sehr zugespitzt.

Holmgren sagt von seiner Sect. 2, Orbitae oculorum
verticis puncto albo nullo, und nimmt dann in einer Anmerkung seinen Ich. ephippium, der einen weissen Fleck am
Scheitel der Augenränder hat, hiervon aus. Indessen hat
meistens auch Ich. trilineatus Gr. einen solchen Fleck und so
bleiben nur die beiden anderen Arten dieser Sect., — Ich.
pistorius. Gr. und Ich. culpator Schrank, auf welche das von
Holmgren angegebene Kennzeichen passt, übrig. Indessen
nehme ich doch diese Section an, da die in derselben zu-
sammengestellten Arten unläugbar eine grosse Verwandtschaft
haben, die besonders in den schlanken Antennen der Weibchen liegt.

Ich. pistorius und Ich. culpator stehen bei Wesmael in
der Division 5. Holmgren hat dieselben aber mit Recht der
Sect. 1 nahe gestellt, wohin sie schon wegen der tief-gruben-
förmigen Gastrocölen gehören. Auch Ich. scutellator Gr.,
den Holmgren nicht aufführt, da er wohl nicht in Schweden
vorkommt, wird seiner schlanken Fühler wegen, die bei dem
Weibchen nach dem Tode ebensowenig aufgerollt sind wie
dieses bei den übrigen Arten der Section der Fall ist, wohl
in der Section 2 am rechten Orte stehen, zumal bei dieser
Art der weisse Fleck auf dem Scheitel am Augenrande fehlt.

45. Ich. pistorius. ♂ ♀ Gr.
W. Tent. 81.
Nicht häufig, die Weibchen auch im Winterquartier.

46. Ich. culpator. ♀ Schrank. ♂ W.
W. Tent. 82. — W. Mant. 40.

Im Sommer nicht häufig, die Weibchen auch im Winterquartier.

47. Ich. scutellator. ♂ ♀ Gr.
W. Tent. 35.

Mitte des Sommers nicht selten.

Die weisse Farbe der vorderen Hüften, welche Gravenhorst und Wesmael in der Diagnose des Männchens anführen,
fehlt oft.

Hierher gehören ferner:

48. Ich. trilineatus. ♂ ♀ Gr.
W. Tent. 35. — W. Mant. 16.

49. Ich. Ephippium. ♀ Holmg.

50. Ich. seticornis. ♂. Tischb. Entomol. Zeitung,
Band 29, Seite 248.

51. Ich. bicoloripes. ♂. Tischb. daselbst, Seite 249.

52. Ich. atrocoeruleus. ♀. Tischb. daselbst, Seite 249.

Den von mir beschriebenen hier genannten 3 Arten fehlt
der weisse Fleck am Scheitel des Augenrandes.

(Fortsetzung folgt.)

Vereins-Angelegenheiten.

In der Sitzung am 17. April wurden als Mitglieder aufgenommen die Herren:

Dr. Behn in Hamburg,
Dr. Michow, ebenda,
G. Wittmack, beeidigter Royer, ebenda,
A. Kuwert, Gutsbesitzer auf Wernsdorf bei Tharau,
Dr. E. Kalender, Lieut. in Linderhöhe bei Cöln.
Seehaus, Lehrer in Stettin.

Durch die Bereicherungen der Vereins-Bibliothek von
vielen Seiten her erscheint es wünschenswerth, unsern Mit-
gliedern einen neuen Katalog derselben zugehen zu lassen.
Herr Prof. Zeller hat sich der sehr dankenswerthen Mühe
unterzogen, die Umarbeitung und Ergänzung des letzten Verzeichnisses zu übernehmen und ist damit schon so weit vor-
geschritten, dass wir hoffen dürfen, den neuen Katalog noch
im laufenden Jahre der Zeitung beilegen zu können.

In der Sitzung am 12. Juni wurde
Herr Dr. Breyer in Brüssel
in den Verein aufgenommen.   C. A. Dohrn.

Lepidopterologische Notizen

von

Dr. A. Speyer.

1. Nola confusalis HS.

Ueber die Raupe dieser Art sind mir weiter keine Nachrichten bekannt geworden, als die kurze (und nicht ganz zutreffende) Diagnose bei Wilde (Pflanzen und Raupen II. S. 357) und die, auch von Wilde wiederholte Angabe v. Heinemann's (Schmetterl. Deutschlands I. S. 275), dass sie auf Heidelbeeren lebe. Im Juli v. J., zwischen dem 11. und 20., klopfte ich 11 Raupen von Eichen und 2 von Buchen in den Schirm, die ich anfangs für junge Lithosienraupen ansah, bis mich das fehlende Bauchfusspaar eines besseren belehrte. Sie für Raupen von strigula zu halten — die im Juli auch nicht zu finden sind — fiel mir gar nicht ein, da schon die Färbung beider ganz verschieden ist. Es konnte also kaum etwas Anderes als die bei uns nicht seltene Confusalis sein, deren Raupe mir bis dahin unbekannt geblieben war, was sich denn auch durch die kürzlich ausgeschlüpften Falter bestätigte.

Die Raupe ist breitleibig und etwas flach gedrückt, wie die verwandten, doch weniger spindelförmig als die von Cucullatella, mehr gleich breit, nur die letzten Ringe etwas verschmälert, von lithosienartigem Habitus, lebhaft und bunt gefärbt und lang behaart. Kopf klein, rundlich, glänzend braun oder röthlich, mit gelben Mundtheilen und solchem Winkelzeichen. Grundfarbe des Körpers hell ziegelroth, bei den dunkelsten Exemplaren braunroth; die Rückenmitte zwischen den beiden deutlichen, hellgelben Subdorsallinien, auf den mittlern Ringen etwas gelichtet, auf den vier oder fünf vordersten und wieder auf den drei letzten Segmenten mehr oder minder vollständig schwärzlich gefärbt. Die Subdorsalen sind auswärts braun beschattet. Dorsallinie fein, dunkelbraun. Die ganze Oberfläche des Körpers ist mit hellziegelrothen Wärzchen bedeckt: die Rückenfläche jedes Segments trägt einen Gürtel von je 6 derselben, deren mittleres Paar das kleinste und etwas aus der Reihe nach vorn gerückt ist. Die unterste Reihe, in der Höhe der Stigmen, hat die grössten Wärzchen. Alle sind mit fuchsrothen Börstchen sternförmig besetzt, die unterste Längsreihe ausserdem noch mit einzelnen, sehr langen, schwärzlichen Haaren, welche senkrecht gegen den Körper gerichtet sind, so dass die an den vordern Ringen nach vorn, die an den hinteren rückwärts, die seitlichen horizontal abstehen. Die längsten derselben, auf dem elften Ringe, erreichen mehr als die halbe Körperlänge.

Die Raupen, welche trotz ihrer kurzen Füsse ziemlich schnell laufen können, wurden mit jungem, zartem Eichenlaube ernährt, in welches sie sowohl in der Mitte als am Rande Löcher nagten, während sich die Strigula-Raupe meist damit begnügt, zu skeletisiren. Ich gab ihnen auch mit Flechten besetzte Eichenzweige, habe aber nicht bemerkt, dass sie an den Flechten gefressen hätten. Da alle gefundenen Raupen die letzte Häutung schon überstanden hatten, so begannen die meisten nach wenigen Tagen, die jüngsten nach acht Tagen, sich einzuspinnen. Sie legten ihre Puppengehäuse an den Zweigen der Nahrungspflanze, einige auch an den hölzernen Wänden des Behälters an. Die Gehäuse haben die für die Gattung charakteristische Kahnform, sind $3\frac{1}{2}$ bis 4 mal so lang als breit, erheben sich von dem hintern, ganz flachen Ende nach vorn, um hier, am Kopfende, steil, wie abgeschnitten, in einem Winkel von etwa 100° abzufallen. Ihre grösste Höhe, welche mit der grössten Breite hier an dieselbe Stelle fällt, ist etwas beträchtlicher als diese. Die Rückenmitte ist meist, doch nicht immer gekielt und erhebt sich vorn meist in eine kurze Spitze. Bei manchen Gehäusen treten auch ein Paar seitliche Längskiele mehr oder minder deutlich hervor. Der feste, weisse Seidenstoff, aus welchem die Gespinnste gewebt sind, ist aussen dicht, so dass keine Lücke bleibt, mit der Länge nach fest und ziemlich regelmässig aneinander gelegten, flachen, länglichen Rinde-, Flechten- oder Holzstückchen zierlich bekleidet. Bei den mit Flechten bedeckten Gespinnsten sind sie am breitesten, etwa 3 bis 4 mal so lang als breit, bei den übrigen schmäler, 6 bis 10 mal so lang als breit. An keinem Cocon sind verschiedene Materialien durcheinander gemischt: es sind entweder nur Rindetheilchen oder nur Flechtentheilchen u. s. w. verwandt. Ihre Farbe ist deshalb nicht bunt, sondern einfarbig, grünlich, holzgelb oder bräunlich, soweit nicht das betreffende Material selbst, wie bei den Flechten, ein verschieden farbiges ist. An den Zweigen selbst, zu beiden Seiten, zuweilen auch nur an einer Seite des Gehäuses, fallen zwei oder drei rundliche, schneeweisse Fleckchen in die Augen, von denen gewöhnlich eins am Kopf-, eins am Schwanzende und eins in der Mitte des Cocons steht. Es sind flache Schichten weisser Seide, die, obgleich sie an das Puppengehäuse angrenzen, zu dessen Befestigung ersichtlich wenig oder nichts beitragen. Vermuthlich spinnt sie die Raupe, um sich selbst während

des Spinnens und besonders des Abbeissens der Rindestück-
chen mit ihren Fusshäkchen recht festsetzen zu können.

Das Püppchen (nach den leeren Hülsen beschrieben) ist
rostbraun, ziemlich schlank, walzenförmig, am Ende ganz
abgerundet, ohne Schwanzspitze. Die Hinterränder der Abdominal-Segmente bilden etwas erhabene, glänzende Leisten.
Die Flügelscheiden reichen bis an das Ende des fünften Hin-
terleibsrings und zwischen ihnen springen die Beinscheiden
bis zum Ende des sechsten Rings vor. Die beiden letzten
Segmente, besonders das abgerundete After-Segment, sind mit
vielen, ziemlich langen, gerade abstehenden Börstchen besetzt
und eine Längsreihe kleinerer Börstchen zieht sich über die
Rückenmitte aller Hinterleibsringe, auf jedem derselben ein
Hückchen bildend. Die Stigmen erscheinen als kleine, runde,
dunkelbraune Knöpfchen in der Mitte einer ziemlich breiten,
geglätteten, an den freien Abdominal-Segmenten scheibenför-
migen, geglätteten Fläche. Der Form nach gleicht die Puppe
(auch das Gespinnst) der von Strigula, wie sie bei Wilde
(II. Tab. IX. 87) dargestellt ist, ziemlich genau, nur fehlen
in der Abbildung die Börstchen — ob aber auch in der Natur? Ich habe Strigula öfters erzogen, aber weder von der
Raupe noch von der Puppe eine Beschreibung genommen,
was ich jetzt bedaure.

Die Confusalis-Puppen wurden am 1. Februar in's geheizte Zimmer genommen und entwickelten sich zwischen
Anfang März und Anfang April sämmtlich zu gut ausgebildeten Schmetterlingen. Im Freien erscheinen die ersten Exemplare Mitte oder Ende April; nach dem Schlusse des Mai
fand ich keine, oder höchstens noch ganz verflogene Falter
im Freien. Sie ruhen bei Tage an Baumstämmen in Wäl-
dern, Alleen und Parkanlagen, wo sie durch ihre lichte Farbe
leicht in die Augen fallen. Strigula schlüpt Anfang oder Mitte
Juni aus der Puppe; ihre Raupe fand ich nicht allein auf
Eichen, sondern auch auf Buchen, im Mai, und ernährte sie
mit den Blättern dieser Bäume, die sie, wie erwähnt, in der
Regel nur skeletisirt, mitunter aber auch vollständige Löcher
hinein frisst. Sie verpuppt sich gegen Ende Mai und liefert
den Falter nach 2 bis 3 Wochen. In welchem Zustande
Strigula den Winter verlebt, ob als Ei oder als junge Raupe,
weiss ich nicht, möchte aber das Letztere vermuthen, da man
schon in der ersten Maihälfte fast erwachsene Raupen findet.

Die Aehnlichkeit zwischen Strigula und Confusalis beruht
mehr auf Farbe und Zeichnung (welche doch auch standhafte
Unterschiede bietet), als auf wesentlichern Kennzeichen. Schon
Herrich-Schäffer hat die Verschiedenheit des Geäders der
Hinterflügel hervorgehoben und sie darnach in verschiedene

Abtheilungen seiner Gattung Roeselia gebracht. Strigula hat auf den Hinterflügeln eine Ader mehr als Confusalis, indem bei jener der zweite Ast der Medianader sich gabelförmig spaltet, ehe er den Saum erreicht, während er bei Confusalis (und der Mehrzahl der Nola-Arten überhaupt) einfach bleibt. Diesen Unterschied habe ich bei allen Exemplaren beider Arten, die ich untersuchte (6 Strigula und viele Confusalis) standhaft gefunden. Auch das Geäder der Vorderflügel scheint zu differiren (s. v. Heinemann, Schmetterl. I. S. 273', was sich ohne Blosslegung desselben, die ich nicht vorgenommen habe, nicht deutlich erkennen lässt. Um so leichter ist ein anderer organischer Unterschied zu constatiren, nämlich der im Bau der männlichen Fühler. Bei Strigula sind diese mit zwei Reihen ziemlich langer, dünner, gewimperter Kammzähne besetzt, die gegen die Spitze des Fühlers sich verlieren; bei Confusalis nur mit dünnen Wimperpinseln statt der Kammzähne. Die Verwandschaft zwischen beiden Arten ist also nicht so nahe, als der erste Anblick sie erscheinen lässt. Die nächste Verwandte von Confusalis ist in der That nicht Strigula, sondern Cicatricalis Tr., die im Geäder der Hinterflügel und im Fühlerbau mit Confusalis übereinstimmt. Doch lassen, ausser der dunklern, braungrauen Farbe der Vorderflügel, deren schärfere Spitze und schrägerer Saum, besonders aber auch der viel schärfer gezähnte und anders geformte, hintere, schwarze Querstreif Cicatricalis von Confusalis sicher unterscheiden.

Confusalis ist über das ganze nördliche und südwestliche Deutschland verbreitet und in vielen Gegenden, wie hier, eben nicht selten; ausserdem in England, Frankreich, den Niederlanden zu Hause; wie es scheint auch bei Petersburg und in Piemont, Ligurien und Sardinien — wenn nämlich Cristolana, Fixsen's und Ghiliani's hierher gehören. Nolcken führt in seiner Fauna von Esthland, Livland und Kurland nur Strigula auf*).

Staudinger stellt in seinem neuen Cataloge den Namen Cristatula H. (Vögel u. Schmetterl.) für Cristulalis H. (Pyral.) als den ältern wieder her, ohne aber, dem zufolge, nun auch der Herrich'schen Confusalis den älteren Namen Cristululis Dup. zurückzugeben — was doch nach den dort befolgten Grundsätzen, wie mir scheint, hätte geschehen müssen.

---

*) Auch Nowicki (Enumer. lepidopt. Haliciae orient. p. 119) erwähnt nur Strigulalis H. als galicisch., da aber die 4 von ihm gefundenen Exemplare am 15. April, 13. Juni und 16. Mai erbeutet wurden und das im Juni gefundene obsoletum lacerumque genannt wird, ist eine Verwechselung mit Confusalis mit grosser Wahrscheinlichkeit anzunehmen.

2. Eupithecia pusillata, var. laricis und Eup. lariciata.

Im Laufe des vorjährigen Augusts klopfte ich in einem gemischten Gebölz hier in der Nähe über 40 theils schön grüne, theils gelblich braune, längsstreifige Eupithecienraupen von Lärchenbäumen ab, an denen mir weiter kein Unterschied als der in der Färbung auffiel. Ich zweifelte deshalb nicht, dass alle zu Lariciata gehörten, deren Raupe, wie mir aus eigener Erfahrung bekannt war, in beiden Färbungen vorkommt. Bis zum Anfange des Septembers waren 32 Raupen verpuppt, (der Rest lieferte Schlupfwespen) und nun ergab die Untersuchung der Puppen, dass nur 17 derselben Lariciata-, die übrigen aber Pusillata-Puppen waren. So ähnlich nämlich die Raupen, so verschieden sind die Puppen dieser beiden Spanner und die von Pusillata überhaupt durch ihre dunkelbraunen Zeichnungen auf lichtrothgelbem Grunde so ausgezeichnet, dass sie mit keiner andern mir bekannten Eupithecienpuppe verwechselt werden können. Ich hatte Pusillata-Raupen oft, bisher aber nur auf Fichten (Pinus abies L.) gefunden und erzogen und war daher über das Ergebniss meiner diesmaligen Zucht ziemlich und nicht gerade angenehm überrascht. Anfang Februar wurden die Puppen in das geheizte Zimmer genommen und die Falter (Lariciata und Pusillata gleichzeitig) entwickelten sich, bis auf 2 oder 3, sämmtlich zwischen dem 26. Februar und 23. März und zwar die Pusillata, von denen ich 14 erhielt, ohne Ausnahme in auffallend dunkeln Exemplaren, die mich anfangs an eine neue Art denken liessen. Genauere Untersuchung ergab aber völlige Uebereinstimmung in Structur und Zeichnungs-Anlage mit der typischen Pusillata. Der ganze Unterschied besteht darin, dass die Grundfarbe der gewöhnlichen Form bei der Lärchen-Varietät rauchfarbig verfinstert, die lichten Stellen mehr eingrenzt, die Zeichnung minder scharf, verwaschener ist. Die grosse Mehrzahl der Exemplare zeigt ausserdem eine Verschiedenheit im Flügelschnitt: die Spitze der Vorderflügel ist ein wenig schärfer, der Saum etwas schräger und minder bauchig. Doch ist dieser Unterschied wenig auffallend und, wie bemerkt, nicht ganz durchgreifend. Das Mittelfeld der Vorderflügel ist entweder ganz schwarzgrau oder doch nur in der Saumhälfte, besonders hinter dem Mittelmonde, etwas aufgehellt. Ebenso ist das Saumfeld, vom dritten Doppelstreif an bis zur dritten Saumlinie, einfarbig schwarzgrau, gleich dunkel vor wie hinter der Wellenlinie und in der Flügelspitze nicht gelichtet wie bei der typischen Form, höchstens ein wenig um die Mitte der Wellenlinie. Letztere meist unterbrochen und schwächer ausgedrückt als dort. Fransen minder deutlich gescheckt. Auch der Körper nimmt an der Verfinsterung Theil; der Hinterleib ist aschgrau.

Wenn nun auch der Grad der Verdunkelung nicht bei allen 14 Exemplaren der gleiche ist, so bleibt das am wenigsten ausgezeichnete derselben doch immer noch dunkler als das dunkelste von vielen, die ich an Fichten gefangen und aus Fichten-Raupen gezogen habe. Die lichtesten Pusillata meiner Sammlung gehören zu denen, welche Baron Nolcken auf Oesel fing und mir überliess. Doch sind ein Paar hiesige eben so hell gefärbt. Aus andern Ländern besitze ich keine Pusillata, weiss deshalb nicht, ob auch durch klimatische Einflüsse bei dieser Art Färbungs-Unterschiede bedingt werden. Es wird auch weiterer Beobachtungen bedürfen, um festzustellen, ob die auf Lärchen lebende Pusillata, immer in der beschriebenen dunkeln Varietät vorkommt. Für den vorliegenden Fall bleibt kaum eine andere Erklärung übrig, als die abweichende Färbung dem Einflusse der verschiedenen Nahrung zuzuschreiben. Denn ganz in der Nähe des Fundorts, wo Meereshöhe und Boden-Beschaffenheit dieselben sind, fliegt Pusillata, und flog auch im vorigen Jahre, an Fichten in der typischen Färbung. Ich gebe also der Varietät den Namen von der Nahrungspflanze und charakterisire sie für das System als

> Var. b. laricis. Alis (antic. apice magis acuto) infumatis, strigis obsoletioribus.

Ein ganz mit den gezogenen in Grösse, Flügelschnitt und Färbung übereinstimmendes Männchen besass ich schon seit mehreren Jahren und hatte es als bemerkenswerthe Aberration zu den gewöhnlich gefärbten Exemplaren in die Sammlung gesteckt. Es ist bei Arolsen gefangen, ungewöhnlich spät im Jahre, nämlich am 27. Juni (1867), und wird als Raupe ohne Zweifel ebenfalls Lärchennadeln gefressen haben.

Vielleicht ist Guenée's Tantillaria (Phalén. X. p. 529) nichts anderes als meine Var. laricis; wenigstens passte dazu die Angabe, dass sie extrèmement voisine de la Pusillata sei, dunkler gefärbt und mit minder sichtbaren Querlinien. Darauf, dass sie etwas kleiner sein soll, ist kein Gewicht zu legen, denn sowohl die typische Pusillata als deren Lärchen-Varietät wechseln in der Grösse. Aber die Querlinien werden von Guenée als disposées autrement und die Hinterflügel als verhältnissmässig schmäler angegeben und in diesen beiden Punkten weicht die Lärchen-Pusillata vom Typus nicht ab. Da Guenée aber Tantillaria nach einem einzigen „individu assez mauvais" beschreibt, und Niemand, soviel ich weiss, ein zweites gefunden hat, so liegt der Verdacht nahe, dass jene Verschiedenheiten rein individuelle des betreffenden Exemplars gewesen sein könnten. Auch zweifelt Guenée selbst an der specifischen Verschiedenheit von Pusillata. Er entnimmt übrigens den Namen Tantillaria von Boisduval (Gen. 1709), dessen Buch ich nicht vergleichen kann*).

Pusillata in der typischen Färbung fliegt hier, wie in vielen Gegenden Deutschlands, überall wo Fichten stehn, zahlreich von Anfang oder Mitte Mai bis Mitte oder Ende Juni. Ihre Raupe klopfte ich im August und September häufig von den Aesten der Fichten in den Schirm, wo es einiger Aufmerksamkeit bedarf, um sie von den mit abgefallenen, trockenen Fichtennadeln zu unterscheiden, denn sie ist so schlank und nicht viel dicker als diese, auch ganz ähnlich gefärbt. Sie ist bräunlich, braungelb oder rostbraun, seltner bloss bräunlichgrün, mit dunkelm Rückenstreif und gelblicher oder weisslicher Längslinie auf der Seitenkante über den Füssen; zwischen Rücken- und Seitenstreif mit lichterer, oft dunkel punktirter und begrenzter Subdorsallinie jederseits. Der Rückenstreif ist bald stark und schwarzbraun, bald sehr schwach ausgedrückt. Kopf bräunlich, etwas lichter als die Grundfarbe. (Nach meinen Notizen; eine detaillirtere Beschreibung habe ich nicht genommen). Die Raupen verpuppten sich zwischen Ende August und Ende September in engen Gespinnsten, wie andere Eupithecien, an oder nicht tief unter der Oberfläche der Erde. Das Püppchen ist durchscheinend rothgelb mit dunkelbraunen Flecken und Streifen und dadurch, wie erwähnt, vor allen anderen Eupithecienpuppen, die ich kenne, ausgezeichnet. Zwei dunkelbraune Flecke, die fest zusammen stehen, stehen auf dem Halskragen; eine Fleckenreihe zieht jederseits über die Rückenfläche der Abdominal-Segmente, und ein Längsstreif begrenzt die Flügelscheiden an ihrem Vorderrande. Die Hinterleibsringe tragen starke, aber nicht sehr dicht stehende, eingestochene Punkte. Schwanzspitze rostbraun, einen breiten, flachen Kegel (fast ein gleichseitiges Dreieck) bildend, jederseits mit drei auf der Spitze kolbig verdickten und umgebogenen Häkchen besetzt, am Ende mit zwei stärkeren, fast geraden, nicht verdickten und nur an der Spitze ein wenig auswärts gekrümmten Dornen. Sie ist auf der Rückenfläche quer gerunzelt, und die Furche, welche sie vom Afterstück trennt, bildet jederseits einen sehr spitzen, mit dem Scheitel nach hinten gerichteten Winkel (Zahn).

---

*) Die Stelle bei Bdv. lautet: Tantillaria Ramb. — Gall. merid. — Valde affinis Pusillariae, at minor. Alae anticae cinereo-fuscae, albido immixtae, puncto discoidali nigro fasciisque quatuor undulatis fuscis; posticae pallidae puncto discoidale lineisque undulatis ad apicem fuscis. Differt a Pusillaria praeter staturam minorem lineis magis regularibus obscurioribus.   Red.

Von der Lärchen-Pusillata-Raupe ward keine Beschreibung entnommen, da ich sie für Lariciata hielt, ich weiss also nicht, ob sie einen Unterschied von der auf Fichten lebenden erkennen lässt. An den Puppen habe ich keinen solchen wahrgenommen.

Die Raupe von Pusillata soll auch auf Föhren (Pinus sylvestris) leben. Ich habe sie noch nicht darauf gefunden, den Schmetterling aber einzeln von Föhren abgeklopft, die mit Fichten durcheinander standen, so dass er vielleicht nur zufällig auf jene gerathen war. An Wachholder ist mir weder Falter noch Raupe jemals vorgekommen und ich möchte die Angabe dieser Futterpflanze fast für traditionelle Fabel halten, die der deutschen Bezeichnung des Wiener Verzeichnisses „Wachholderspanner“ und „Wachholderspannerraupe“ ihre Entstehung verdankt. Obgleich es nun sehr fraglich ist, ob die Verfasser des Wiener Verzeichnisses unter ihrer Geom. pusillata die unserige verstanden haben, so wurde doch zu dem Namen Pusillata von Fabricius, Borkhausen u. s. w. regelmässig Juniperus communis als Nahrungspflanze gesetzt. Borkhausen lässt die Raupe im Juni auf Wachholder leben und beschreibt sie, als ob er sie selbst erzogen hätte, sammt der Puppe: die Raupe als „grün mit einer bleichen Linie über den Rücken und in jeder Seite“, die Puppe als „an den Kopf- und Flügelscheiden grün, übrigens gelbbraun“ und lässt „die Phaläne sich nach drei bis vier Wochen entwickeln“. Jede einzelne dieser Angabe beweist also, dass Borkhausen die Raupe unserer Pusillata nicht vor sich gehabt hat — vielleicht die von Sobrinata, die aber mehr als 3 bis 4 Wochen im Puppenstande verlebt. Die kurzen Beschreibungen des Schmetterlings bei Fabricius und Borkhausen und die längere bei Treitschke lassen sich allenfalls auf unsere jetzige Pusillata beziehen, genügen aber keineswegs, die Art mit Sicherheit zu erkennen. Dasselbe gilt von Hübner's und Freyer's (der auch eine solche Raupe dazu giebt) Abbildungen, so dass, wie schon Guenée bemerkt, Herrich-Schäffer der erste Autor ist, der zu dem Namen Pusillata (Pusillaria) ohne Fragezeichen gesetzt werden kann.

Es ist bekannt, dass Lariciata Fr. als Raupe ausser in der gewöhnlichen, schön grünen, auch in einer braunen Varietät vorkommt (deren Unterschied von der Lärchen-Pusillata noch zu ermitteln bleibt); dass aber diese Farben-Verschiedenheit sich nicht minder auffallend auch bei den Puppen wiederholt, war mir wenigstens nicht bekannt, als ich die beiden Raupen-Varietäten zum erstenmal erzog. Ich erhielt bei dieser Zucht eine gleiche Zahl Puppen von beiden Färbungen und zwar ohne alle Uebergänge: die einen gras-

grün und an den Abdominal-Segmenten ein wenig in's Rost-
gelbe fallend, die andern durchaus rostfarbig, auch am Vor-
derleibe. Der Unterschied war so grell, dass ich zwei Arten
vermuthete; aber an den ausgeschlüpften Faltern liess sich
auch nicht die geringste Differenz erkennen, wie denn auch die
Structur der Puppen sich als die gleiche auswies. Bei einer
spätern Zucht erhielt ich denn auch einzelne Uebergänge von
der grünen zur rostrothen Farbe; doch gehörte auch hier die
grosse Mehrzahl der Puppen entweder der einen oder der
andern Varietät an, die meisten der grünen.

Soviel aber ergiebt sich aus dieser Beobachtung, dass
man, wo es sich um die Ermittelung zweifelhafter Artrechte
handelt, auf Farbenunterschiede der Puppen bei den Eupithecien nicht zu viel Gewicht legen darf. Ungleich entscheiden-
der scheinen Differenzen in der Form und Sculptur der Pup-
penschale zu sein. Wenigstens habe ich an allen specifisch
verschiedenen Eupithecien-Arten, deren Puppen ich untersuchte,
auch an diesen den Unterschied in der Form der Schwanzspitze, der Sculptur der Oberfläche u. s. w. deutlich ausge-
sprochen gefunden; habe aber freilich bis jetzt erst eine ge-
ringe Zahl von Arten einer solchen Untersuchung unterworfen.
Diesen Punkt möchte ich also der Beachtung jener Collegen,
welche sich mit der Zucht schwieriger Eupithecien (auch
anderer Schmetterlinge) vorzugsweise befassen, besonders
empfehlen.

Rhoden, im April 1873.

Ist die Ueberwinterung gewisser Raupen-Arten zu deren Entwicklung nothwendig?

Im Anschluss an meine Dissertation über beschleunigte Entwicklung überwinternder Schmetterlings - Puppen durch künstliche Wärme habe ich mich längere Zeit hindurch damit beschäftigt, überwinternde Raupen-Arten durch geeignete Temperatur und passendes Futter schon während des Winters zur Verwandlung zu bringen. Für die Raupe einer Eulenart, Triphaena pronuba, habe ich schon in erwähnter Dissertation die Durchführbarkeit eines solchen Verfahrens dargethan, nunmehr habe ich auch andere überwinternde Raupen-Arten durchgefüttert, zugleich einen thätigen, intelligenten Sammler zu solchen Versuchen angeleitet, und bin dabei zu wirklich überraschenden Resultaten gelangt.

Was zunächst die Eulen-Arten, die bekanntlich das grösste Contingent der überwinternden Raupen stellen, anbetrifft, so lassen sich ihre Raupen bei einer regelmässigen Stubenwärme, passendem Futter, gleichmässig feuchter Erde verhältnissmässig mit wenig Mühe durchfüttern; hat man bei derartigen Versuchen die Vorsicht vernachlässigt, sich hinreichendes Futter an vor dem Frost geschützten Stellen einzupflanzen, und ist auch draussen das letzte Grün durch die Kälte vernichtet worden, so suche man die Wurzelsprossen der Nessel und der Taubnessel auf, die von den meisten überwinternden Eulenraupen mit Vorliebe gefressen werden. Ich erhielt bei einer durchschnittlichen Stubenwärme von 14" R. die Schmetterlinge von Phlogophora meticulosa im Januar, von Triphaena pronuba im December und von später gesammelten Raupen nochmals zugleich mit den Schmetterlingen von Xylina polyodon und Agrotis triangulum im März. Die Raupen der Xylina polyodon waren im Herbst noch sehr klein (4—5'''), frassen Nachts sehr stark, nicht allein Gras, sondern auch namentlich gern die Stengel von Endivienpflanzen und häuteten sich drei Mal. Die Entwicklung der Puppen zum Schmetterling dauerte, wie in der Natur, — 6 Wochen. Hier muss ich noch eines Falles erwähnen, der zu sehr interessanten Resultaten geführt haben würde, wenn die nöthige Futterpflanze vorräthig gewesen wäre. Der oben erwähnte Sammler, der Telegraphenbeamte Renner zu Poppelsdorf bei Bonn, hatte die befruchteten Eier von Catocala fraxini in eine warme Stube gebracht. Schon im December schlüpften die

Räupchen aus, und hätte der Betreffende seiner Zeit für Pappel- oder Weidenstecklinge gesorgt, so würden die Thierchen ohne Zweifel gediehen sein.

Von Spinnerraupen sind im Winter durchgefüttert worden: Euprepia caja, hera, dominula und plantaginis, neuerdings von mir Euthrix potatoria. Hera, dominula und plantaginis fütterte Renner mit Wegbreit, erhielt im März und April die Schmetterlinge und es gelang ihm sogar, eine zweite Generation von plantaginis durch Befruchtung in der Gefangenschaft zu erzielen, so dass er nochmals Schmetterlinge im September erhielt. Die Raupen von Euprepia caja fütterte ich den ganzen Winter hindurch; im März waren dieselben erwachsen und haben sich nunmehr verpuppt, und ich will den Versuch machen, ob auch sie eine zweite Generation liefern. Auch zwei Raupen von Euthrix potatoria haben sich verpuppt.

Alle diese Raupen zeigten die eigenthümliche, wahrscheinlich krankhafte Erscheinung, dass sie, erwachsen, wenigstens acht, manchmal aber noch länger als vierzehn Tage umherkrochen, ohne Futter zu berühren, sich schliesslich aber doch zur Verpuppung anschickten. Ich werde im künftigen Herbst Pflanzen, welche in der Zimmer-Temperatur treiben und gedeihen, einsetzen, und dann auch Versuche mit überwinternden Eiern, z. B. von Gastr. neustria, Liparis dispar, salicis u. s. w. machen, und glaube nach meinen bisherigen Erfahrungen interessante Details liefern zu können. Wenn auch manche Raupe die künstliche Durchfütterung nicht ertragen kann, was ohne Zweifel der Fall sein wird, so glaube ich, dass der Grund hiervon nur in der Art und Weise zu suchen ist, wie eine solche Zimmerzucht betrieben wird; vielleicht verlangen viele Arten eine noch viel sorgfältigere Behandlung, als dies schon mit den genannten Raupen geschehen ist. Auf alle Fälle darf ich aber wohl schon jetzt meine Behauptung, dass die Ueberwinterung keine nothwendige Bedingung für die Entwicklung der überwinternden Raupenarten sei, als erwiesen betrachten.

Linderhöhe bei Cöln.

Dr. Kalender.

Protest

von

C. A. Dohrn.

Lieber Leser!

Ich bin ganz Deiner Meinung — wir haben in den letzten Jahren eine so erschütternde Zahl von Protesten erlebt, geistliche und weltliche, gehauen und gestochen, dass kein Mensch mehr danach fragt und kein Hund darob sein Hinterbein lüftet. Aber es mag mit den Protesten wohl eine ähnliche Bewandniss haben wie mit den Stossgebeten; es sind „Nothschüsse" des geängstigten Menschen — ob sie helfen oder nicht, ist ihm in dem Augenblicke gleichgültig: jedenfalls erleichtern sie ihm die gepresste Seele, und das ist schon was werth.

Ich wünsche Dir von Herzen, dass Du zu der glücklichen Majorität gehörst, welche nicht weiss, was „Correctur" heisst, und was damit vermacht ist. Und vollends mit einer specialen Fach-Correctur! Abgesehen von dem bekannten, gewöhnlichen Uebelstande, dass die überwiegende Mehrzahl der Autoren eine schauerliche Hand schreibt — oft genug ihre einzige Aehnlichkeit mit dem verewigten Alexander von Humboldt — hängt der Seelenfrieden des Correctors noch von dem Wohl und Wehe einer andern, sehr wichtigen Persönlichkeit ab, des Herrn Setzers nehmlich. Ob er die unerlässliche, allgemeine Vorbildung besitzt, oder gar (ein Phönix!) die speciale für den vorliegenden Fach-Artikel, ist natürlich die erste Frage. Aber auch von ihm gilt, was Terentius sagt:

Homo sum, nil humani a me alienum puto:

er hat gut oder schlecht geschlafen, gut oder mangelhaft verdaut, ist ziemlich gewissenhaft oder indifferent faselig, besitzt viel oder wenig Combination — kurz „der tüchtige, eingearbeitete Setzer ist die rechte Hand des Correctors." Das steht fest.

Davon will ich nicht weiter reden, dass auch die glücklichste Allianz zwischen Setzer und Corrector keine vollkommene Assecuranz gegen irgend einen Höllenbrand von ärgerlichem Druckfehler liefert — aber das sind externa. Viel schlimmer spielen die interna dem Corrector mit.

Nun entsteht nehmlich die kitzliche Frage:

Ist das vorliegende Manuscript ein Noli me tangere?

Darf oder muss der Corrector daran ändern?

„Nicht ein Jota darf geändert werden, dafür steht ja der Name des verantwortlichen Autors gross und breit da!"

Diese Antwort scheint so nah zu liegen, dass kaum noch ein Einwand möglich dünkt. Und dennoch!

„Freilich, pure Schreibfehler des Autors müssen selbstverständlich corrigirt werden!" In der That? aber wo fangen die Schreibfehler an und wo hören sie auf? Denken die Herren Verfasser immer daran, dass sie nicht bloss für Landsleute schreiben, dass auch ausländische Leser ihre Artikel verstehen wollen? Halten sie es für einen Uebergriff der Redaction, wenn diese einen unendlichen Bandwurm in einander verschlungener Neben- und Zwischen-Sätze in verständliche Perioden auflöst? Ist es Pedanterie, wenn weitverbreitete Provinzialismen, wie z. B. gewunschen oder wegen meiner, brevi manu in die schriftmässigen gewünscht und meinetwegen umgeschrieben werden? wenn das im nördlichen Deutschland sehr missbräuchliche und zu thatsächlichen, falschen Auslegungen verleitende wie nach einem Comparativ in das unzweideutige als verbessert wird? Und was wird daraus, wenn der Autor zur Secte der Malcontenten gehört, die um jedes Nomen proprium von Gattung im Auftrage der höheren philologischen Sicherheits - Polizei misstrauisch herumgehen, hier ein vermeintliches Ueberbein von Consonanten castrirend, dort ein scheinbar vergessenes an- oder einleimend; während der Redacteur zur Secte der stocksteif Buchstabengläubigen gehört, welche das getragene Schuhwerk der Stabilität ungleich bequemer finden, als das unausgetretene neue der fanatischen Princip-Kosaken!

Hiermit sind wir denn glücklich bis zur Streitfrage des vorliegenden Protestes gediehen. Provocirt wird er durch folgende Stelle in den Annales de la Société Entom. de Belgique, wo es Band 15 in einem Artikel von Mac Lachlan über die nordasiatische Neuropteren-Fauna Pag. 65 also lautet:

55. Thamastes dipterus, Hagen.

Je n'ai pas vu ce genre et espèce très extraordinaire, que M. Hagen cite de Irkutzk. Mais il a eu la bonté de m'envoyer les dessins très soigneusement faits en me donnant la permission de les publier. M. Hagen remarque aussi que le mot *Thaumastes* imprimé dans la Gazette de Stettin, 1858, p. 118, était une correction de la rédaction, et ne donne pas sa vraie signification.

Ganz gewiss war mein Freund Mac Lachlan authentisch berechtigt, die mündliche oder briefliche Aeusserung unsers gemeinschaftlichen Freundes Dr. H. Hagen zu veröffentlichen. Dass der letztere sie optima fide gethan, will ich ebenso wenig bestreiten. Aber mit ebenso gutem Gewissen darf ich dagegen behaupten, dass mir auch nicht das Geringste davon bewusst oder erinnerlich ist, den Namen Thamastes in Thaumastes umgeändert zu haben. Mehr als einmal habe ich so nachdrücklich als möglich die Lanze zu Gunsten der Stabilität der Gattungsnamen eingelegt, und es wäre mithin eine Inconsequenz der unbegreiflichsten Art, wenn ich gerade in diesem einzelnen Falle einem schulmeisterlichen Raptus nachgegeben haben sollte — um so räthselhafter, als Dr. Hagen zu jener Zeit noch diesseit des Oceans lebte, und es nur einer brieflichen Anfrage bei ihm bedurft hätte. Jetzt freilich, post factum, würde ich mich vielleicht zu dieser Anfrage entschlossen haben, wenn bei mir irgend ein Zweifel über einen möglichen Schreibfehler entstanden wäre: denn jetzt habe ich zu meiner eignen Aufklärung das griechische Lexicon nachgeschlagen und daraus gelernt, dass $\vartheta\alpha\mu\alpha\varsigma\acute{\eta}\varsigma$ höchstens von $\vartheta\alpha\mu\acute{\alpha}$ abgeleitet sein könnte, anscheinend also mit der Bedeutung „der Gewöhnliche, Häufige", und offenkundig weniger passend als $\vartheta\alpha\upsilon\mu\alpha\varsigma\acute{\eta}\varsigma$, „der Wunderbare", für ein Thier, welchem Hagen in der Beschreibung des „einzigen vorliegenden Weibchens" nachrühmt „diese Gattung ist äusserst merkwürdig." Die „vraie signification" von Thamastes bleibt mir vorläufig apokryph.

Ob in dem Hagen'schen Manuscript Thamastes oder Thaumastes stand, lässt sich jetzt, nachdem es bereits längst vernichtet, nicht mehr entscheiden. Dass die Handschrift Hagen's mitunter undeutlich, jeweilen auch nicht allzustreng correct ist, haben mir die sachverständigsten Beurtheiler, die Setzer, nicht selten geklagt. Ob der damalige Setzer (er war des Griechischen nicht ganz unkundig) auf eigne Hand das fragliche Wunderthier geschaffen hat, muss ich unentschieden lassen — dagegen aber,

dass ich Thamastes wissentlich in Thaumastes umgeändert, muss ich hiemit ausdrücklich protestiren.

C. A. Dohrn.

Während ich durch das abscheuliche Regenwetter am 1. Juni c. zum Niederschreiben des vorstehenden Protestes veranlasst wurde, dabei aber gleich den Nebengedanken hegte. er werde nicht zum Druck kommen (wie manche ähnliche Gelegenheits-Producte), falls anderweite Artikel den disponibeln Raum der Zeitung beanspruchten — fand sich an demselben Tage Herr Prof. Schenck in Weilburg gemüssigt, mir gleichfalls einen Protest zugehen zu lassen. Sein bescheidner Zweifel in der Einleitung, derselbe werde nicht zu öffentlicher

Kunde gelangen, ist unmotivirt; da er mir Schuld giebt, durch eine Note den wahren Sachverhalt verdunkelt zu haben, und die Redaction darüber belehrt, was „der Zeitung nichts weniger als zur Zierde gereicht", so wird er vermuthlich doch nicht von der naiven Voraussetzung ausgegangen sein, dergleichen Beschuldigungen stecke eine Redaction, die Ehrgefühl hat, schweigend in die Tasche. Die angebliche, an Thamastes verübte Missethat konnte allenfalls mit Stillschweigen übergangen werden, nicht aber die Anschuldigungen des Weilburger Professors. Hier folgen sie wörtlich:

Weilburg 1. Juni 1873.

Geehrtester Herr!

Gegen Ihre Anmerkung S. 246 muss ich um der Wahrheit willen Protest erheben, wenn derselbe auch nicht zu öffentlicher Kunde gelangt. Vor Beendigung des Drucks meiner Replik habe ich Ihnen nur eine einzige Veränderung überschickt, welche den Schluss der Stelle über Bombus Proteus betraf. Ihrem Wunsche entsprechend änderte ich meine Replik durch Abkürzung und Abschwächung. Dieses geschah in grosser Eile, um den Druck nicht zu verzögern, und deshalb war jener Schluss zu oberflächlich abgefasst. Diese eine Veränderung konnte keinen Grund abgeben, obige Stelle auszulassen. Zu den leidenschaftlichen Invectiven, welche Gerstäcker wegen meiner fast von allen Apidologen adoptirten Ansicht über seinen B. Proteus gegen mich losgelassen hat, konnte ich nicht schweigen. Sie würden ihm ganz anders geantwortet haben. Aus jener einzigen Aenderung machen Sie in der Anmerkung „mehrfache Aenderungen, Nachträge und Zusätze". Nach dem Druck erhielten Sie noch eine Abänderung jener Stelle, weil ich bei der Eile der Arbeit Etwas in Kirby's Monographie übersehen hatte, und da diese Abänderung nicht mehr zum Druck kommen konnte, schickte ich Ihnen eine kleine Berichtigung zum nachträglichen Abdrucke, denselben Gegenstand betreffend. Als ich die abgedruckte Replik erhielt, fand ich zu meinem Befremden jene Lücke, und musste desshalb den S. 246 abgedruckten Nachtrag einsenden, welchem ich obige Berichtigung beifügte. Das ist der wahre Sachverhalt, woraus sich ergiebt, dass ich nicht im mindesten Anlass zu der gegen mein Interesse vorgenommenen Restriction gegeben habe.

Zu den auffallenden Veränderungen, welche mit einzelnen Ausdrücken meiner Replik, von wem, weiss ich nicht, gemacht worden sind (S. 148, Z. 7 v. u., S. 148, Z. 16 v. o.) kommt noch eine, welche ich übersehen hatte; S. 148, Z. 9 v. u. ist aus „Schiensporne" gemacht worden „Schiensporen". So Etwas hätte bei der Correctur zumal einer Replik nicht übersehen werden sollen. Der Verfasser des brutalen Schmähartikels wird sich über diese Aenderungen, so wie über Ihre Anmerkung freuen, und auch seine gleichgesinnten Freunde werden Gefallen daran finden; aber dessen kann er versichert sein, dass er sonst nirgends durch sein gemeines Elaborat an Achtung gewinnen wird, wie denn dasselbe auch der ent. Zeit. nichts weniger als zur Zierde gereicht.

Was ein grosser Kirchenvater den Christen zuruft: „In necessariis unitas, in dubiis libertas, in omnibus caritas" möchte ich den Entomologen zur Beherzigung empfehlen mit dem Zusatze: „et veritas!"

Hochachtungsvoll zeichnet

Schenck.

Hierauf habe ich Folgendes zu erwiedern:

Bei der Correctur sowohl der früheren als auch dieser Replik habe ich mir (wie mein Freund und gewissenhafter Mit-Corrector Prof. Zeller bezeugen kann) alle ersinnliche Mühe gegeben. Wenn Herr Prof. Schenck auch in diesen wenigen Zeilen es nicht vermieden hatte, „loggelassen" statt losgelassen zu schreiben, so wird er mit dieser Abänderung wohl einverstanden sein. Weniger bin ich es und sind es mehrere von meinen Freunden mit seiner vermeintlichen Verbesserung von „Schiensporen" in Schiensporne. Wir würden allerdings „die Heisssporne" sagen, wenn von mehreren Hotspur's die Rede wäre, ferner „die Rittersporne", wenn es sich um verschiedene Arten Delphinium handelte, aber ungern die Endsporne, Schiensporne etc. Auch Prof. Burmeister bestärkt unsre Ansicht S. 719 des ersten Bandes seines Handbuchs der Entomologie, wo er von den „Endsporen" der Hinterschienen bei Acheta spricht; desgleichen Band III. S. 50, wo er denselben Pluralis gebraucht. Trotz der oft undeutlichen Handschrift des Weilburger Professor's, namentlich in Betreff der Grundstriche, war es weder Herrn Zeller noch mir in den Sinn gekommen „So Etwas zu übersehen!" Wir haben also wissentlich gesündigt, und bereuen es, an seiner eigenthümlichen Berechtigung aus Ignoranz „unsre Sporne verdient zu haben."

Die „auffallenden Veränderungen, von wem weiss ich nicht" gehören beide zunächst auf das Conto des Setzers. Er hat nehmlich auf S. 143 Z. 16 v. o. feine Lupe statt scharfe, und Z. 7 v. u. derselben Seite scharfsichtigen Hymenopterologen statt scharfsinnigen gesetzt. Da in beiden Fällen die Handschrift ganz deutlich ist, so trifft ein Theil der Schuld unabweislich die Correctoren; aber sie erscheint wahrlich kaum der Erwähnung werth, und thut sicher der Wissenschaft ebenso wenig Abbruch, wie meine harmlosen Censurstriche, welche auch noch nach der von mir gewünschten „Abschwächung" etliche überflüssige Wasserschosse persönlicher Gereiztheit beseitigten, einer Gereiztheit, wie sie ja auch in dem vorliegenden Elaborat mehr als nöthig zu Tage liegt.

Des eigenthümlichen Umstandes, dass das Zeitungsheft mit der fraglichen Kritik von Dr. Gerstaecker (von der ich zugebe, dass sie in der Form aufregend schneidig war) bereits Mitte Juli 1872 ausgegeben wurde, während die Schenck-sche Replik erst im Januar 1873 einlief, würde ich nicht erwähnen, wenn daraus nicht die Wahrscheinlichkeit resultirte, dass Herr Prof. Schenck weder die Post noch den Buchhandel durch Abonnement auf die Zeitung belästigte, und sich mit seinen Vereinspflichten durch Gratislesen (etwa des Wiesbadener Tausch-Exemplars) abfand. Wäre das thatsächlich richtig, so würde es gerade nicht unter die billigen Ansprüche gehören, in derselben Zeitung soviel antikritisches Spatium nebst Separatis zu prätendiren.

Ueber den wahren Sachverhalt mit Aenderungen, Nachträgen u. s. w. giebt das eigene Zeugniss im vorliegend gedruckten Briefe eigentlich schon Aufschluss genug. Mit welcher Ueberstürzung der Herr Prof. verfuhr, dafür bürgen z. B. die authentischen Umstände, dass er sein erstes Manuscript nach Berlin addressirte, wo es erst durch verschiedene Hände ging, ehe es hieher gelangte; dass er unter dem 26. Januar dies Mscr. zur Umarbeitung zurückverlangte; dass er indess, ohne die sofort erfolgte Remission abzuwarten, am 27. Januar bereits die zweite Auflage der Replik, am 2. Februar eine Abänderung des Schlusses einsandte; dass er am 6. März die Druckfehlerliste abschickte, welche S. 247 l. c. abgedruckt steht, dass er selber aber erst in vorstehendem Briefe den Fehler „Schiensporen" monirt, „den der Corrector nicht hätte übersehen sollen!" Wie mangelhaft und übereilt Herr Prof. Schenck sich selber corrigirt, dafür zeugt das Manuscript des l. c. S. 246 abgedruckten Nachtrags, welches ursprünglich so lautete:

> Da mich Herr Dr. Gerstäcker in seinem Artikel über den Bombus Proteus in der ent. Zeit. 1872, S. 295, in leidenschaftlicher Weise wegen meiner von der seinigen abweichenden Ansicht über diese Hummelart in leidenschaftlicher Weise angreift, so u. s. w.

Ich fand es im Interesse des Autors nöthig, „in leidenschaftlicher Weise" einmal, und in dem der Leser nützlich, zweimal streichen zu lassen. Herr Schenck hat dabei nichts verloren und die Wissenschaft gewiss noch weniger.

Das patriarchale Citat am Schlusse mit der gepriesenen Caritas nimmt sich neben „leidenschaftlichen Invectiven, brutalem Schmähartikel und gemeinem Elaborat" drollig genug aus. Die fromme Milch dieser Caritas hat einen gar zu ansäuerlichen Beigeschmack!

C. A. Dohrn.

Eine Völkerwanderung der Libellula quadrimaculata,

von

A. Kuwert.

Schon oft hat man gewaltige Züge dieses Insektes wahrgenommen und es wird schon aus dem Jahre 1447, vielleicht übertrieben, berichtet, dass in manchen Gegenden des sächsischen Erzgebirges ihre Züge die Luft verfinsterten. Auch für Ostpreussen hat Dr. Hagen mehrere Züge aus neuerer Zeit verzeichnet. Der grösseste Zug, welchen Schreiber dieses je zu beobachten Gelegenheit hatte, fand gegen die Mitte des Monat Mai dieses Jahres statt (wenn meine später gemachte Aufzeichnung richtig ist, am 13. d. M.). Unmittelbar nach dem Mittagstische überraschte mich ein eigenthümliches Flimmern der Luft, welches theilweise stärker, dann wieder schwächer wurde.

Der Wind zog möglichst stark aus Nordwest vom frischen Haff her und führte den so eigenthümlichen Haffgeruch mit sich, welchen man in der Nähe grosser Gewässer, besonders an warmen Frühlingstagen nach dem Eisfortgange, doch auch an schwülen Sommertagen so häufig wahrnimmt, den ich jedoch in der Entfernung von 2 Meilen von dem Haff noch nie früher beobachtet hatte. Die Luft war schwül und drückend heiss trotz des Nordwestwindes. Während der Mittagszeit hatte sich ein Libellenzug in Bewegung gesetzt, dessen Heerstrasse gerade über meinem Gutsgehöfte fortging. Der starke Wind drückte die Thiere stossweise beinahe zur Erde, so dass ein oder das andere schwächere Thier sich für einige Augenblicke auf irgend einem Gegenstande niederliess; sonst ging die Reise ohne Unterbrechung vorwärts gegen den Wind dem Haffgeruchluftstrome entgegen. Der Zug mochte um 12¼ Uhr begonnen haben und währte bis 4 Uhr Nachmittags, wo plötzlich ein starker Windstoss aus West die Thiere verschwinden liess. Die Breite des Zuges erreichte sowohl die westlichen, als die östlichen Grenzen meiner Feldmarken und hatte sonach mindestens eine Ausdehnung von ¼ deutschen Meile. Er war so dicht, dass die Luft, wenn man gegen die Sonne sah, zeitweise vibrirte. Um einen ungefähren Massstab für die Menge der Thiere anzulegen, ist die Annahme sicher nicht zu hoch gegriffen, dass in jedem Augenblicke 5000 Thiere auf der ganzen Breite der Gesichtslinie passirten. Bei 3½ stündiger Dauer des Zuges, welche staunenerregende Masse von Individuen, und wo kamen dieselben aus einem auf mindestens 6 Meilen an grössern Gewässern so armen Hinterlande her? Es bleibt nicht anders übrig, als zur Erklärung hierfür auf die Witterungs-Verhältnisse des Jahres 1871 zurückzugreifen. Der Sommer 1871 war in seinem ganzen Verlaufe in der Provinz Ostpreussen, besonders aber in den der See zunächst gelegenen Kreisen so überaus feucht, dass, zumal speciell in den südlich von Königsberg gelegenen Quadratmeilen, auf denen strenge Boden-Verhältnisse vorherrschend sind, jeder sonst trockne Graben ohne absonderliches Gefälle eine geeignete Brutstätte für diese Thiere wurde. Eben jene Nässe aber war der Brut derjenigen Insecten, welche den Libellen in ihrem ausgebildeten Stadium hauptsächlich zur Nahrung dienen, den Kleinschmetterlingen, verderblich und hinderlich. So mögen theils die plötzliche Uebervölkerung jetzt ausgetrockneter Brutstätten, theils zeitweiser Mangel an Nahrungsmitteln die leitenden Ursachen gewesen sein, um den Instinct der Thiere auf den eigenthümlich duftenden Haffwind aufmerksam zu machen. Dieser verrieth den Libellen, wo sie ihr verlornes Paradies wiederfänden und es begannen überall von den ausgetrockneten Gräben, Pfützen und Pfützchen die Heerschaaren der jungen Thiere sich zu einem imposanten Zuge zu schliessen nach dem gelobten Lande, oder vielmehr Wasser, wo sie Brutplätze zu finden hofften und gelegentlich mit ihren Leibern die Fische zu speisen bestimmt sein mochten.

Ein Theil des grossen Zuges wurde übrigens durch jenen Windstoss aus Westen nach Königsberg verschlagen, wo man die Thiere um 5 Uhr Nachmittags zu Tausenden auf den Kirchhöfen sich setzen sah.

Wernsdorf bei Tharau.

Intelligenz.

Einladung
zur
46. Versammlung deutscher Naturforscher und Aerzte.

Nach Beschluss der in Leipzig abgehaltenen 45. Versammlung deutscher Naturforscher und Aerzte findet die diesjährige Versammlung in Wiesbaden und zwar vom 18. bis 24. September statt.

Die unterzeichneten Geschäftsführer erlauben sich die Vertreter und Freunde der Naturwissenschaften und Medizin zu recht zahlreicher Betheiligung freundlichst einzuladen.

Die Versendung der Programme findet im Juli statt.

Wiesbaden, im Juni 1873.

Dr. R. Fresenius. Dr. Haas sen.

Südafrikanische Käfer.

In Partien von 60—65 Arten in 100 Exemplaren à 6 Thlr. und von 30—40 Arten in 50 Exemplaren à 3½ Thlr., gut gehalten und mit wenig Ausnahmen bestimmt, verkauft der Unterzeichnete gegen Einsendung des Betrages oder Nachnahme desselben.

Kronförstchen b. Bautzen.

H. B. Möschler.

Die Erklärung zu den mit diesem Hefte ausgegebnen Tafeln I. und II. befindet sich Seite 316.

Inhalt:

Ausgegeben Anfang Juli 1873.

Entomologische Zeitung

herausgegeben

von dem

entomologischen Vereine zu Stettin.

Redaction:
C. A. Dohrn, Vereins-Präsident.

In Commission bei den Buchhandl.
v. E. S. Mittler in Berlin u. Fr. Fleischer
in Leipzig.

No. 10—12.   34. Jahrgang. October—December 1873.

Die Larven von Myrmeleon

von

Dr. H. Hagen.

(Schluss.)

17. Myrmeleon spec.

Kopf klein, oben und unten mässig gewölbt, vorn herab-
gedrückt, viereckig, etwas länger als breit, nach hinten plötzlich schmäler; Seiten zuerst gerade, dann leicht nach innen
gekrümmt: Vorderrand tief dreieckig ausgeschnitten zur Auf-
nahme der breiten, herzförmigen Oberlippe; Basis mit einer
Querwulst, Seitenlappen gerundet; der niedergedrückte Vorderrand ausgeschnitten, mit einer Mittellängsrinne, und einem
Kamm langer, schwarzer Dornen; Augenhügel klein, durch
dicht darum stehende, längere, schwarze Dornen versteckt,
cylindrisch, kaum länger als breit, nach aussen und oben se-
hend, mit fünf Augen, einem davon in der Mitte, und einem
sechsten mehr nach hinten; das siebente Auge auf der Unter-
seite. Fühler mittelmässig kräftig, lang, bis über den ersten
Kieferzahn reichend; Fühlerhügel von langen Dornen umgeben,
wenig kürzer als der Augenhügel; Basalglied auf seiner Spitze
eingelenkt, cylindrisch, etwas dicker als die übrigen, so lang
als der Augenhügel; dann folgen abnehmend dünner etwa 14
kurze, ringförmige Glieder und ein längeres, cylindrisches
Spitzenglied. Mandibeln so lang als der Kopf; die beiden
Basaldrittel gerade, flach, stark verbreitert; Spitzendrittel
plötzlich verjüngt, rund, bogig gekrümmt; innen drei schräge
Zähne in Länge etwas zunehmend, in gleichen Abständen;